POÉSIES,

PAR

A. DE CAZE,

(DE PROVENCE).

PRIX : 1 FRANC.

Marseille.

IMPRIMERIE D'ACHARD, MARCHÉ DES CAPUCINS, 4.

1843.

POÉSIES,

PAR

A. DE CAZE,

(DE PROVENCE.)

MARSEILLE.

IMPRIMERIE D'ACHARD, MARCHÉ DES CAPUCINS, 4.

1843.

LE LIBRE ARBITRE.

A MONSIEUR LE VICOMTE DE CHATEAUBRIANT.

Quand du Très-Haut la main puissante
De l'informe chaos eut tiré l'univers,
   Chacun de ses hôtes divers
Vit s'ouvrir devant lui sa carrière naissante.

Dans les plaines de l'air élisant domicile,
   D'un seul trait l'oiseau s'élança;
   Au sein des eaux se balança
Le poisson, agitant une nageoire utile.

Le quadrupède lourd, à la terre attaché,
Craignant d'un ennemi la redoutable atteinte,

Au fond des bois resta caché,
Confiant de ses jours la durée à la crainte.

Parcelle de raison, l'instinct leur fut donné,
Mais qu'est-ce que l'instinct? Le soin constant et ferme
D'alimenter la vie et prolonger son terme :
Chaque être à ces deux lois se vit subordonné.

De ces arrêts immuables
Les caractères sont écrits
Dans les cœurs et dans les esprits;
Autant que l'univers ils resteront durables.

L'animal qu'on méprise, en sa simplicité,
Les observe pourtant; car, lorsque sur sa route
D'un piége il aperçoit le doute,
Soudain il met un frein à sa voracité.

Pourquoi l'homme, doué de sentiments sublimes,
Lui que Dieu façonna de sa divine main,
Lui qui sait définir les vertus et les crimes,
S'égare-t-il souvent dans son propre chemin?

Cependant, quand du Ciel la sagesse infinie,
Imprima sur son front le souffle du génie,
Ce fut pour l'élever au suprême bonheur
De jouir en repos des dons du Créateur.

Entre le bien, le mal, placé dans le silence,
    L'un ou l'autre est à son choix;
    Lui seul est le contre-poids
    Qui fait pencher leur balance !

C'est ce précieux don qui fait sa majesté;
    Que serait-il s'il fût resté
Sous le poids d'un destin impérieux, bizarre,
    A son gré vertueux, barbare ?

Un ignoble instrument privé de volonté,
Incapable à la fois de haine ou de bonté,
Suivant l'impulsion d'une main étrangère,
    Par elle puissante ou légère.

Indissoluble anneau de la terre et des cieux,
L'homme, du Créateur présente seul l'image,
Et quant à ses autels il porte son hommage,
Est-ce sans son aveu qu'il aborde ces lieux ?

Celui qui d'un regard embrassant tout l'espace,
Malgré l'obscurité d'une étroite prison,
Et d'un hardi compas mesurant l'horizon,
Aux astres assignait leur véritable place;

Celui qui méditant sous un toit de verdure,
Dans la chute d'un fruit trouva la grande loi,

Qui veut qu'un centre unique attirant tout à soi,
Impose l'équilibre à toute la nature;

Lorsque développant leur sagesse profonde,
Ils plongeaient leurs regards dans les secrets du monde,
De ces hommes, l'esprit vers eux acheminé,
Par un destin aveugle était-il dominé?

Dans ce maître absolu mettant leur confiance,
Marchaient-ils en captifs à la haute science
Qui, d'un Dieu créateur révélant les bienfaits,
Agrandissait leur âme à leurs yeux satisfaits?

Qui le croirait? personne; oui, malgré leur cynisme,
Entouré des erreurs d'un vain philosophisme,
Ces hommes de malheur dont l'esprit corrompu
Fait un Dieu d'un hasard sans cesse interrompu:

Eux-mêmes ne croient point dans le fond de leur âme
Au système trompeur que leur malice infâme
Jette aux mortels livrés à leurs séductions;
Si d'un vice commode ils sont amants frivoles,
C'est que de la vertu les austères paroles
    Ne flattent pas leurs passions.

Les passions! ô vous, prétendus philosophes,
Qui, pour mieux vous soustraire à la divine loi,

Au mensonge empruntez les noires apostrophes
Dont votre orgueil jaloux s'arme contre la foi ;

Répondez? Ce voleur dont la main sacrilége
Sur le bien du prochain s'étend furtivement :
De qui tient-il le privilége
De l'enlever effrontément?

Ce farouche assassin, dont la haine cruelle
Sur sa triste victime assemble tous ses coups,
Quand il prend un poignard de sa main criminelle,
De quelle autorité couvre-t-il son courroux ?

Ah ! malgré la grandeur de leur scélératesse,
En dépit des accès d'un délire fatal,
N'ont-ils pas dans le cœur la voix de la sagesse
Qui leur dit : Tu fais mal, arrête ! tu fais mal !

Pourquoi restent-ils sourds à ces accents suprêmes?
Qui ferme leur oreille au cri de la raison?
Nul pouvoir ; quand du vice ils boivent le poison,
Dans le gouffre du mal ils le puisent eux-mêmes.

Vous qui préconisez le détestable schisme
Qui courbe les humains sous un noir fatalisme,
Prescripteurs de leurs vœux et de leurs mouvements,
Que seraient donc de Dieu les sages jugements?

Les arrêts d'un despote, audacieux, stupide,
Se vautrant dans l'horreur de ses affreux desseins ;
Poussant l'homme passif vers un désir cupide,
Ou l'homicide amour de projets assassins ;

L'y poussant, pour avoir le plaisir exécrable
De punir des forfaits que lui-même eût voulus.
Ah ! créer des mortels au crime dévolus
Serait de tous les droits le plus abominable !

Soyez donc conséquents ; si l'homme était l'esclave
D'un pouvoir souverain sans terme et sans entrave,
Qu'il lui fallut céder sans avoir combattu ;
S'il naissait pour le crime ou bien pour la vertu ;

Ah ! pourquoi le punir d'une passive offense ?
Des mains de la justice arrachez la balance ;
De son glaive brisé dispersez les tronçons ;
Au lieu de l'en frapper, plaignez sa destinée ;
Gardez-vous d'abréger sa vie infortunée,
Que sont pour lui, des lois, les sévères leçons ?

Il ne peut les comprendre, encore moins les suivre ;
Sa volonté n'est rien, il n'en possède pas ;
Il marche sans pouvoir interroger ses pas ;
S'il s'égare, pourquoi voulez-vous le poursuivre ?

Il accomplit sa tâche en esclave soumis,
Et si sur son chemin il frappe une victime,
Ne le punissez pas de l'horreur de ce crime,
    Car, selon vous, Dieu l'a commis !

Sophismes criminels! déplorables systèmes!
Dans les enfers conçus, par Satan conservés;
    C'est pour nous en voir préservés
Que Dieu mit la raison au-dedans de nous—mêmes.

A ce souffle divin consacrons nos pensées,
Dieu créa l'homme libre afin qu'il pût choisir;
Si du bien il embrasse un sincère désir,
Les vertus qu'il suivra seront récompensées.

Si de ses passions il écoute la voix,
Si des plaisirs trompeurs il fait son héritage,
Il sait que d'un Dieu juste il viole les lois
Et que le châtiment deviendra son partage.

Ah! ne niez donc plus les droits du libre arbitre,
Vous qui pour l'attaquer redoublez vos efforts;
Car l'homme criminel trouve dans ses remords,
Le sceau que Dieu plaça sur ce précieux titre.

O vous! noble écrivain, dont la plume immortelle
Se nourrit des grandeurs de la religion;

Vous, qui fûtes chercher votre inspiration
Aux lieux où s'accomplit la promesse éternelle;

Cette promesse auguste où la divinité
Déployant son amour pour une race ingrate,
Se soumit elle-même à l'arrêt de Pilate,
Afin de racheter la faible humanité :

CHATEAUBRIANT, daignez accueillir une Muse
Dont les pas chancelants ont besoin d'un appui,
Si vous l'encouragez d'un sourire aujourd'hui,
Elle prendra l'essor qu'Apollon lui refuse.

L'ARCHANGE SAINT MICHEL.

A S. A. R. MONSEIGNEUR LE DUC DE BORDEAUX.

Une nuit, car jamais dans les royaumes sombres
Le jour, de ses clartés, n'a dissipé leurs ombres ;
Le tyran des enfers, maudissant son orgueil,
De son bonheur passé renouvelait le deuil.
Et plus de ses regrets la poignante amertume
S'irritait dans son cœur, que la haine consume,
Du brillant souvenir de la gloire des cieux ;
Plus sa chute semblait effroyable à ses yeux.
S'agitant en fureur sur sa couche brûlante,
Des éclairs jaillissaient de sa prunelle ardente,
Son immense poitrine imitant des fourneaux
Les soufflets, instruments des tourments infernaux ;
Se gonflait du venin distillé par la haine,
Et dans des flots de feu rejetait son haleine.
Trois fois sa bouche énorme ouvrant son antre affreux
Élança loin de lui trois soupirs douloureux ;

Aux éclats du tonnerre, enfin, sa voix semblable,
Fit trembler les enfers de son bruit formidable.
Eh quoi! dit-il, ce Dieu, de ses droits si jaloux,
Pour jamais pense-t-il m'imposer son courroux?
Croit-il que dans ces lieux, content de mon empire,
J'abdiquerai ma part du bonheur qu'il respire?
Croit-il que pour toujours Satan soit abattu,
Parce qu'il a cédé sans avoir combattu?
Ah! si des miens l'ardeur secondait mon courage,
Bientôt j'irais braver son inutile rage,
Oui, je veux le combattre à la clarté du jour;
Oui, je veux l'exiler du céleste séjour.
A ces mots d'une trompe embouchant l'orifice,
Jusque dans ses confins l'enfer vit son supplice
S'arrêter à l'appel du monarque infernal.
Qu'on ouvre, dit Satan, le terrible arsenal
Où vos mains dès longtemps entassent les armures
Qui doivent de la foudre empêcher les blessures.
Aux armes! compagnons! vous qui fûtes jadis,
Comme moi, l'ornement du brillant paradis,
Voulez-vous pour jamais accepter en partage
De ces horribles lieux le funeste héritage?
Vous autrefois si fiers, si beaux!... ah! croyez-moi,
D'un despote cruel brisons la dure loi.
Osons combattre: osons lui rejeter la chaîne
Qu'il nous impose. Amis, sa puissance et sa haine
Tomberaient devant vous; car, où sont les combats
Qui nous ont condamnés à ramper ici-bas?

Est–il notre vainqueur? Sous son bras redoutable
Avons-nous succombé! Non! c'est ce qui m'accable,
M'irrite, me déchire, et grave sur mon front
De notre lâcheté l'humiliant affront;
Tandis que lui, riant de notre obéissance,
Des délices du ciel use la jouissance.
Ah! ne sentez–vous pas dans le fond de vos cœurs
Ce fier ressentiment qui vous rendrait vainqueurs,
Si, cédant aux transports d'une ardeur généreuse,
Vous tentiez des combats la chance glorieuse?
Au moins, si nous tombions sous l'effort du destin,
Nous aurions appelé de l'arrêt clandestin
Qui nous a transformés en monstres effroyables,
Et nous a relégués dans ces lieux détestables;
Mais, je lis dans vos yeux pleins d'indignation
Le désir de briser l'humiliation
Dont votre front rougit. Aux armes, donc, aux armes!
Rompons d'indignes fers: reportons les alarmes
Au despote des cieux, et jusque dans son sein
De notre oppression étouffons le dessein.
Il dit: et les démons de leurs clameurs affreuses
Frappèrent des enfers les voûtes ténébreuses.
Guerre! guerre au tyran! leur monarque sourit,
Et le vaste arsenal devant leurs pas s'ouvrit.
Cependant, l'Éternel, élevé sur ce trône
Que la gloire des cieux de ses feux environne,
Ce trône où les vertus en cercle radieux
Des Anges répétaient les chœurs harmonieux;

Voit Satan, conduisant ses hideuses cohortes,
Des enfers étonnés franchir les noires portes ;
Il appelle Michel ; des habitants des cieux ,
Michel est dès longtemps le plus cher à ses yeux.
Contemple, lui dit-il, les phalanges rebelles
De ces Anges déchus des gloires éternelles ,
Leur chef audacieux, par la haine aveuglé ,
Excite en eux l'ardeur d'un orgueil déréglé ;
Le pervers ! reniant sa céleste origine,
Il ose provoquer ma colère divine ;
Lui, sorti de mon souffle, il a donc oublié
Que d'un souffle je puis le voir humilié ?
Vil ennemi ! pour mieux lui montrer sa faiblesse,
Pour qu'il craigne à jamais ce pouvoir qui le blesse,
Spectateur d'un combat dont je veux m'abstenir
Je laisse à ton bras seul le soin de le punir ;
Va t'armer. A ces mots, avec respect s'incline
L'archange qu'éblouit la majesté divine ;
Il s'avance joyeux vers ces lieux écartés
Où reposaient alors ces foudres redoutés
Qui plus tard sur la terre excitant les orages
Des mortels égarés punirent les outrages,
Il saisit cette égide où l'Éternel grava
La terreur et la mort, et son bras il arma
De cette lance énorme, effrayant météore,
Qui de sinistres feux à son fer se colore
Quand Dieu, voulant punir leurs folles passions,
Par un seul de ses coups brise les nations,

Mais déjà dans le ciel l'infernale phalange
Sous les yeux de Satan en bataille se range;
Et des portes du ciel mesurant la hauteur,
Jette un défi sauvage au divin Créateur,
A ce cri des enfers, hors des portes s'élance
Michel sous son égide et brandissant sa lance,
A ce terrible aspect les démons interdits
Tremblent au souvenir des maux par Dieu prédits.
Le jour où leur orgueil excitant sa vengeance,
Du céleste royaume il bannit leur présence.
Aux éclairs de l'égide une subite horreur
Enchaîne leur courage et glace leur fureur,
Et bientôt sous les coups de la lance homicide,
Leur armée en désordre, éperdue et timide,
Fuit et du haut des cieux ses nombreux bataillons
Comme en un champ couvert de fertiles sillons,
Fléchissent les épis sous le tranchant agile
D'une faux que promène un moissonneur habile;
Ou comme dans un jour de tempête et d'éclairs
La froide grêle tombe obscurcissant les airs;
Roulent en mugissant du choc épouvantable
Que leur fait éprouver la lance redoutable.
Satan voit leur défaite, et malgré ses efforts,
Des enfers les démons regagnent les abords;
Furieux, il s'élance, et sa voix forcenée,
Maudissant du combat la triste destinée,
Provoque de Michel le courage indompté;
En vain sur le succès Michel aura compté;

Celui qui dans les cieux ose usurper ma place
Va voir sous mes efforts tomber sa fière audace.
A ces mots il saisit un météore ardent,
Composé de ces feux qu'attise son trident
Dans le fond du Ténare. Une flamme livide,
Suit à travers les airs le terrible fluide :
Michel était vaincu sans le divin secours
De l'immortelle égide ; elle arrête le cours
Du projectile affreux ; en éclats il se brise
Et dans l'immensité par fragments se divise.
Les vastes cieux en sont longtemps illuminés,
Et croient voir un amas d'astres disséminés.
Ébranlé par le coup, mais toujours invincible,
Michel atteint Satan de sa lance terrible.
Par le choc abattu, le tyran des enfers
De ses rugissements épouvante les airs.
Le céleste guerrier, achevant sa défaite,
Pose son pied vainqueur sur son horrible tête.
Écoute, lui dit-il, les décrets de ton Dieu :
Pour jamais les enfers seront l'unique lieu
Où tes droits immortels conservant leur essence
Sur les démons vaincus garderont leur puissance.
Bientôt, Dieu nous l'a dit, de ses divines mains
Un monde doit sortir, partage des humains,
L'homme sera par lui formé sur son image ;
Pour ce bienfait il veut recevoir son hommage.
Mais il le fera libre, et pour lui c'est du ciel
Que viendra la vertu. Le mal pétri de fiel

Lui viendra des enfers. De la raison, l'usage
Lui permettra toujours d'être prudent et sage,
Ou de faire le mal : c'est à lui de choisir.
Si la vertu lui plaît, s'il met tout son désir
A chérir le prochain comme un autre lui-même,
A sa mort il aura part au bonheur suprême.
Si de ses passions il écoute la voix ;
Si vers le vice, enfin, il fait pencher son choix,
Ton Dieu le livre alors à ta farouche rage,
Et les feux de l'enfer deviendront son partage.
Mais écoute, Satan ; toi-même endureras
Les tourments éternels dont tu l'accableras.
Il dit : et le poussant de sa lance immortelle
Le rejette à jamais dans la nuit éternelle.
Ainsi fut annoncé l'immuable décret
Qui d'un Dieu créateur révélait le secret.
Gloire ! gloire ! ô Michel, au triomphe sublime,
Que ta vertu céleste emporta sur le crime !
Si ton bras invincible au tyran des enfers
Imposa pour jamais d'indissolubles fers,
Tes regards protecteurs inclinés vers la terre
Ont souvent éclairé la ténébreuse guerre
Que cet ange du mal, de jalousie armé,
Fait à l'homme, sans Dieu contre lui désarmé.
Oui, Michel, et ta main bien souvent de la France
A daigné soulager la cruelle souffrance ;
Témoin ce jour néfaste où le crime assassin
Du plus cher de ses fils osa percer le sein.

Prenant sous ton appui sa veuve désolée,
Par toi de ses malheurs elle fut consolée;
D'un prochain avenir lui montrant le flambeau
Tu sus lui révéler que du fond d'un tombeau
S'élèverait un lys, tige majestueuse,
Qui, bravant des autans la rage impétueuse,
Croîtrait sous ton égide, et quand arriverait
Le temps marqué, sur nous son éclat brillerait.
Michel, à ta promesse un infaillible gage
Aux yeux des nations vint rendre témoignage;
Descendant des hauteurs du divin paradis
Tu couvris de ton nom la naissance du lys.
D'un secret avenir respectant le mystère,
Le vœu d'un cœur soumis est d'attendre et se taire.

𝔉ragment.

MADAME ROLAND,

TRAGÉDIE EN CINQ ACTES.

A M. BRISSET,

L'un des rédacteurs de la *Gazette de France*,
et auteur du feuilleton intitulé :
Madame Roland ou les Girondins.

ACTE TROISIÈME.

SCÈNE XI.

MADAME ROLAND, seule.

Non, je ne puis bannir la tristesse profonde
Qu'un noir pressentiment... Juste ciel! pour le monde
Faut-il qu'un faux respect! humain, le nomme-t-on!
Plus dangereux pour moi que Marat et Danton,
Le retienne (1) à la chaîne où son honneur l'attache?
Ces papiers resserrés par une simple attache

(1) Son mari.

Contiennent son arrêt peut-être ! et c'est demain
Qu'on pourra le trouver dans un vil parchemin.
Honneur ! cruel honneur ! quel affreux sacrifice
Tu vas faire peut-être à l'horrible injustice !
Un mot douteux, un mot, dicté par le respect,
A ce peuple ignorant peut le rendre suspect !

(Elle s'approche de la table.)

Ah ! si ma main osait !... Pourquoi pas ?... La nature
Devra-t-elle céder ses droits à l'imposture ?
On veut le perdre ! Et moi, je prétends le sauver !
Ne puis-je, sans toucher à l'honneur, enlever
La trace, s'il en est, d'un rapport, d'une lettre,
Dont le sens torturé pourrait le compromettre ?
Le ministre d'un roi, lui donnant un projet,
Pouvait-il s'exprimer autrement qu'en sujet ?

(Elle déboucle le lien, et sort des papiers, qu'elle parcourt.)

C'est trop tarder !... Rien là que la noire malice
Puisse exploiter, malgré son haineux artifice.
Poursuivons la recherche. Ah ! dieux ! voici du moins
Une pièce à classer au nombre des témoins
A décharge. Rapport contre Roland. Je brûle
De voir ce que contient ce pamphlet ridicule ;
Car, accuser Roland ! De quoi ? D'avoir voulu
Corriger les rigueurs d'un pouvoir absolu ?
Voilà tout. Mais lisons : « Sire, un sujet fidèle
Ose, en ces jours de trouble, accuser, dans son zèle,
Un ministre pervers, lâche espion posté
Pour trahir les secrets de Votre Majesté.

Contempteur de l'autel et détracteur du trône,
Il s'apprête à livrer votre auguste personne. »
L'infâme ! oser ainsi lâchement insulter
L'homme d'État qu'un prince aimait à consulter,
Dont les conseils auraient sauvé la monarchie,
S'ils eussent prévalu. Le seul, dont l'anarchie
Craignait la fermeté ! Mais allons jusqu'au bout :
« Si Roland est un traître ; ah ! sa femme surtout
Mérite vos rigueurs. Son infernale adresse
Cache sous un beau corps une âme de tigresse :
Et, nouvelle Circé, ses noirs enchantements
Façonnent aux forfaits ses farouches amants.
Le trône est à ses yeux l'antre de l'esclavage ;
L'autel, du fanatisme alimente la rage ;
Et son orgueil reproche aux nobles sommités
Les troubles de l'État et ses calamités. »

(Jetant le manuscrit sur la table.)

Mais quel monstre a donc pu, traçant ces infamies,
Entasser sans pitié crimes sur calomnies ?
Ah ! l'ange exclu jadis des demeures du ciel
A pu seul animer un cœur si plein de fiel !
De l'horrible pamphlet quel est le signataire ?

(Elle regarde à la fin.)

Ciel ! Saint-Hurugue ! ô dieu ! le propre secrétaire
De Roland. Quelle horreur !... Quel esprit dissolu !...
Cela ne se peut pas ! mes yeux auront mal lu !

(Elle relit.)

C'est bien lui, le perfide ! O Dieu, qui vois mon âme,
Qui sais si la vertu la possède et l'enflamme,

Ne puniras-tu pas le calomniateur,
De tant d'atrocités infernal inventeur !
Ah ! quel affreux réveil ! Moi, dont l'âme expansive
Lui prodiguait sans cesse une amitié si vive !
Je ne réchauffais donc qu'un horrible serpent ?...
Ah ! qu'un tourment du cœur est un affreux tourment !
Déception cruelle ! illusion perfide !
Je ne suis, selon lui, qu'une féroce Armide !...
Ah ! Victorin !... (Elle couvre sa figure de ses mains.)

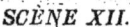

SCÈNE XII.

MADAME ROLAND, VICTORIN (SAINT-HURUGUE).

VICTORIN, accourant et d'une voix altérée.

Madame !...

MADAME ROLAND, sans le regarder.

O ciel ! sa voix !

VICTORIN.

Pardon,
Madame, qu'avez-vous ?

MADAME ROLAND, se retournant, prenant le manuscrit, et fixant
Victorin de toute sa grandeur.

Oh ! rien; c'est ce brandon
De haine, de fureur; c'est ce pamphlet infâme
Contre un homme de bien, contre une faible femme.

Cet homme, c'est Roland; cette femme, c'est moi!
Et l'auteur... Regardez! (Elle lui montre la signature.)

VICTORIN, après avoir lu.

O terre, entr'ouvre-toi!

FIN.

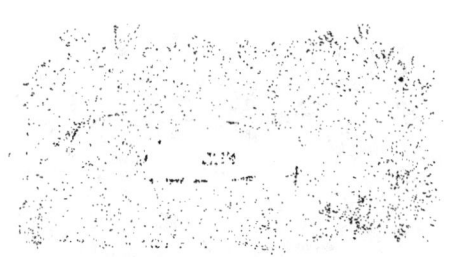